D1622726

Dear Noah,

After nine months of waiting in mom's belly, you are finally here! That calls for many hoorays, BIG HUGS and sweet kisses. May your life and the life of your parents be full of love, joy and laughter!

Love,
Auntie Nat and
uncle Den Den
xoxo

M. CHATOUILLE
et le dragon

M. CHATOUILLE
et le dragon

Roger Hargreaves

Écrit et illustré par Adam Hargreaves

hachette
JEUNESSE

C'était une bonne journée pour monsieur Chatouille :
il avait chatouillé avec méthode vingt et une personnes !

Mais, en rentrant chez lui, il eut une drôle de surprise.

« Je n'en crois pas mes yeux ! s'exclama-t-il.
Quelqu'un a réduit ma maison en cendres ! »

En effet, au fond de son jardin, seul subsistait
un amoncellement de débris fumants…

Il aperçut alors un autre nuage de fumée au loin
et se mit en route pour constater les dégâts.

Cette fois, la fumée provenait de la voiture-chaussure de monsieur Étonnant. Enfin, de ce qui en restait...

Plus loin, un autre nuage montait de la maison de monsieur Malin... et apparemment monsieur Malin l'avait échappé belle !

« Ouf ! Juste à temps ! dit celui-ci. Je ne vois qu'un coupable possible : c'est... »

Mais monsieur Chatouille n'attendit pas la fin de la phrase : il venait de repérer un nouveau nuage de fumée et se mit immédiatement en route.

Son périple le mena de la cabine téléphonique
de madame Bavarde à la grange du fermier
– disparus en fumée – jusqu'aux pentes escarpées
de la montagne.

La nuit commençait à tomber, mais monsieur Chatouille
continua à grimper plus haut, toujours plus haut.

Il faisait nuit noire lorsqu'il distingua de la lumière,
au loin, qui semblait provenir d'une caverne.

Monsieur Chatouille perdit alors un peu de son courage. Il se dit aussi qu'il aurait été sage d'attendre la fin de la phrase de monsieur Malin.

Il s'installa sous un buisson, enroula trois fois ses bras autour de lui pour avoir bien chaud et plongea dans un profond sommeil. Le soleil était déjà haut lorsqu'il fut réveillé par un bruit dans le buisson qui l'abritait.

Monsieur Chatouille ouvrit un œil.

Le buisson frémit à nouveau.

« Je sais que vous êtes là, gronda une terrible voix. **Allez, montrez-vous ! »**

Monsieur Chatouille sortit précautionneusement la tête du buisson et fut ébloui par le soleil… mais plus encore par ce qui l'attendait.

Il se trouvait nez à nez avec un dragon !

Un dragon énorme, plus précisément.

Un dragon énorme avec de la fumée qui sortait de ses naseaux.

« Gloups ! » fit monsieur Chatouille.

« Be… Bonjour », dit monsieur Chatouille,
d'une toute petite voix.

**« Vous avez dix secondes pour me donner une bonne
raison de ne pas vous changer en pop-corn,** hurla
le dragon. **Et ensuite, je vous change en pop-corn ! »**

« Re-Gloups ! » fit monsieur Chatouille.

Monsieur Chatouille devait trouver une solution très rapidement. Il remarqua alors que le dragon ne voyait pas ses bras. Aussi rapide que l'éclair, il étendit l'un d'eux hors du buisson, sous le ventre du dragon.

Il commença ensuite à agiter ses doigts en espérant de toutes ses forces que les dragons étaient chatouilleux.

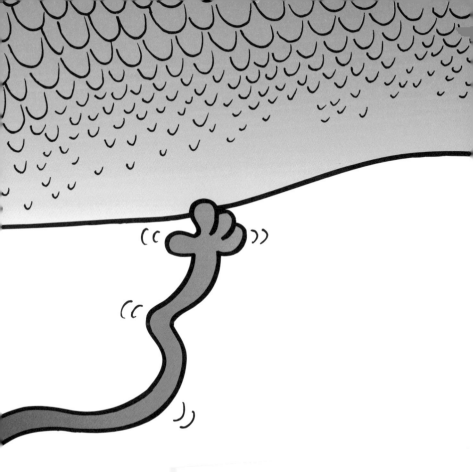

Le dragon se tordit instantanément de rire.

« **Ha ! Ha ! Ha !** » grogna le dragon.

« **Hi ! Hi ! Hi !** » gronda-t-il.

« **Ho ! Ho ! Ho !** » rugit-il.

« **Arrêtez ! Arrêtez !** » cria-t-il finalement.

« Je n'arrêterai de vous chatouiller que si vous cessez de tout réduire en fumée », dit monsieur Chatouille.

« **Tout ce que vous voudrez !** » supplia le dragon.

Monsieur Chatouille arrêta le supplice.

« Ce qu'il faudrait, c'est que vous utilisiez votre fantastique pouvoir pour rendre les gens heureux ! dit-il à la bête. Je vais vous montrer comment faire. »

Le dragon prit alors son envol, avec monsieur Chatouille sur son dos. Ils se dirigèrent vers le pays des Monsieur Madame.

« Regardez ! s'écria monsieur Chatouille. Voici la maison de madame Beauté. Et j'ai une idée pour votre première bonne action ! »

Monsieur Chatouille et le dragon atterrirent au bord de la piscine de madame Beauté.

« L'eau est trop froide pour se baigner, aujourd'hui. Pourriez-vous faire quelque chose ? » demanda monsieur Chatouille.

Le dragon réfléchit un moment.

Puis il prit une grande inspiration et souffla quantité de flammes sur l'eau de la piscine. En un instant, celle-ci fut transformée en bain bouillonnant !

Madame Beauté était ravie. Elle invita
monsieur Chatouille et le dragon
à une fabuleuse partie de baignade.

Le dragon fut très content de sa journée…

… Il fit fondre les flaques d'eau gelée qui barraient le chemin de monsieur Malchance, ce qui évita quelques chutes à ce dernier.

Il réchauffa la tasse de thé de monsieur Étourdi,
qui l'avait préparée pour son petit déjeuner
et avait oublié de la boire, comme toujours.

Monsieur Étourdi était ravi : du thé chaud,
quel bonheur !

Monsieur Glouton fut ensuite très impressionné
de voir le dragon griller à point quinze saucisses
d'un seul coup.

À la fin de la journée, le dragon avait un sourire enthousiaste.

« **Vous savez ?** dit-il. **Je me sens vraiment très bien !** »

Monsieur Chatouille sourit à son tour, étendit son très long bras et…

… chatouilla furieusement le dragon !

« Et maintenant, moi aussi ! » s'exclama-t-il en riant.

RÉUNIS VITE LA COLLECTION ENTIÈRE

DES **MONSIEUR MADAME**

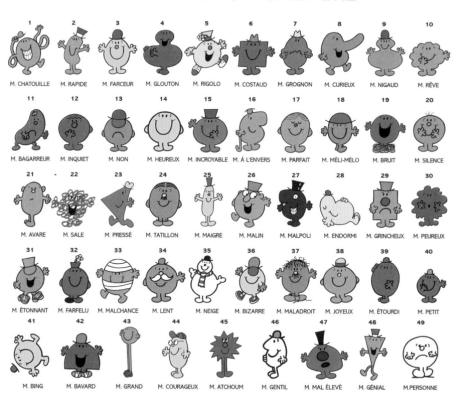

1 M. CHATOUILLE
2 M. RAPIDE
3 M. FARCEUR
4 M. GLOUTON
5 M. RIGOLO
6 M. COSTAUD
7 M. GROGNON
8 M. CURIEUX
9 M. NIGAUD
10 M. RÊVE

11 M. BAGARREUR
12 M. INQUIET
13 M. NON
14 M. HEUREUX
15 M. INCROYABLE
16 M. À L'ENVERS
17 M. PARFAIT
18 M. MÉLI-MÉLO
19 M. BRUIT
20 M. SILENCE

21 M. AVARE
22 M. SALE
23 M. PRESSÉ
24 M. TATILLON
25 M. MAIGRE
26 M. MALIN
27 M. MALPOLI
28 M. ENDORMI
29 M. GRINCHEUX
30 M. PEUREUX

31 M. ÉTONNANT
32 M. FARFELU
33 M. MALCHANCE
34 M. LENT
35 M. NEIGE
36 M. BIZARRE
37 M. MALADROIT
38 M. JOYEUX
39 M. ÉTOURDI
40 M. PETIT

41 M. BING
42 M. BAVARD
43 M. GRAND
44 M. COURAGEUX
45 M. ATCHOUM
46 M. GENTIL
47 M. MAL ÉLEVÉ
48 M. GÉNIAL
49 M.PERSONNE

Édité par Hachette Livre – 58 rue Jean Bleuzen, 92178 Vanves Cedex
Dépôt légal : février 2006
Loi n°49-956 du 16 juillet 1949 sur les publications destinées à la jeunesse.
Achevé d'imprimer par Canale en Roumanie.